I See the Sun in Nepal

म नेपालमा घाम देख्छु ।

Written by Dedie King
Illustrations by Judith Inglese

ISBN: 978-0-9818720-9-4

Translated by Chij Shrestha
Devanagari script by Kanchan Burathoki and Chij Shrestha

For information about ordering this publication for your school, library, or organization, please contact us.

Satya House Publications, Inc.
P. O. Box 122
Hardwick, Massachusetts 01037
(413) 477-8743
orders@satyahouse.com

SATYA HOUSE
w w w . s a t y a h o u s e . c o m
www.iseethesunbooks.com

For the children of Nepal

We would like to extend our thanks
and warm appreciation to the village of Bandipur.

नेपालका सबै बाल-बालिकाहरूको लागि

बन्दीपुर निवासी सबैलाई

हामी धन्यवाद दिन चाहन्छौं र

उहाँहरू सबैको न्यानो प्रशंसा गर्दछौं ।

मिर्मिरे बिहानीमा म घाम देख्छु।
यसले हिमाललाई गुलाफी र सुनौलो रङ्गले रङ्गाउँछ।

At dawn I see the sun.
It paints the mountains pink and gold.

बिहान म आमालाई देख्छु ।
उहाँले मलाई चिउरा र चिया दिनुहुन्छ

In the morning I see my Ama.
She makes me breakfast
of chiura and tea.

म हाम्रो कुखुरा देख्छु ।
म तिनीहरूको फुल बेलुका
खानकोलागि बटुल्छु ।

I see our chickens.
I gather their eggs for dinner.

म मेरो दिदीलाई देख्छु ।
उहाँले हाम्रो भैंसीको दूध दुहुनुहुन्छ
र मिठो दूध चियाकोलागि घरमा
ल्याउनुहुन्छ ।

I see my big sister.
She milks our water buffalo and
brings the sweet milk home for our tea.

म स्कूलमा जान लागेका मेरा साथीहरू
देख्छु ।
हामी हात समाएर सँगै हिंड्छौं ।

On the way to school, I see my friends.
We walk and hold hands.

बिहान १० बजे तिर म मेरा
गुरुहरूलाई देख्छु ।
उहाँहरूले तीन गाउँका
केटाकेटीहरूलाई पढाउनुहुन्छ ।

Mid-morning, I see my teachers at school.
They teach children from three villages.

मध्यान्हतिर घाम माथि आकाशमा पुगेको देख्छु ।
तलचाहिँ नदी बगिरहेको देख्छु ।

At noon, I see the sun high in the sky.
I see the river far below.

After school I see my friends.
We play games in the bazaar.

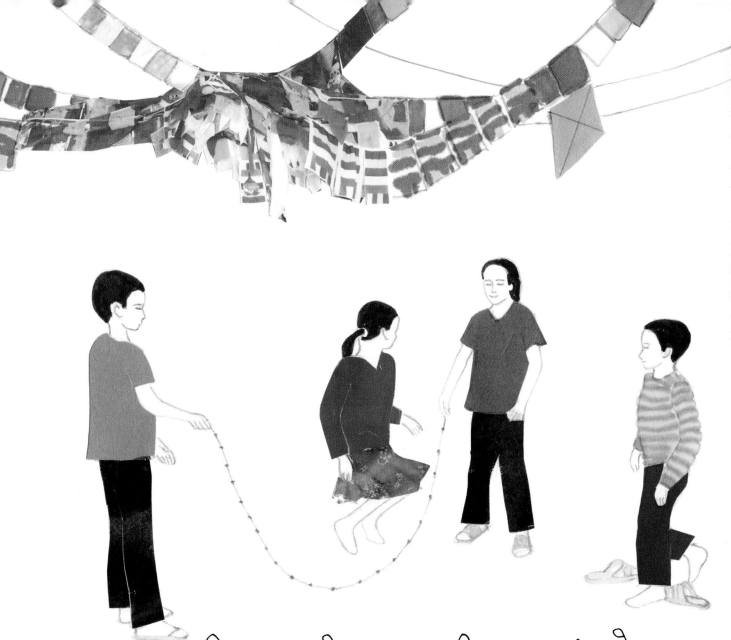

स्कूलपछि म मेरा साथीहरूलाई भेट्छु
हामी बजारमा वभिन्न खेल खेल्छौं

दिउँसो म मेरो बालाई देख्छु।
हामी डाँडाको बारीमा सुन्तला टिप्छौं।

In the afternoon I see my father.
We pick oranges on the hillside.

म मेरो सानो भाइलाई देख्छु।
आमा बारीमा काम गरिरहनु भएको
बेलामा म उसँग खेल्छु।

I see my baby brother.
I play with him
while Ama works in the field.

बेलुकीतिर म मेरो आमा घर आइरहनु भएको देख्छु । उहाँले घाम्मा सुकाउनकोलागि बारीबाट कोदो ल्याउनुहुन्छ ।

In the late afternoon, I see my Ama coming home. She carries lentils from the field to dry in the sun.

साँझमा म हाम्रो पुरा परिवार -
आमा, बा, दिदी र भाइ देख्छु ।
हामी सँगसँगै दालभात खान्छौं ।

In the evening I see my whole family —
Ama, Bua, Didi, and Bhai.
We eat rice and dal together.

खाना खाएपछि म गाउँका बुढाहरूले
हार्पिन बजाएको सुन्छु।
उहाँहरू भजन गाउनुहुन्छ।

After supper I hear the older men
playing the harmonium.
They sing songs from religious books.

पछि म आकाशमा जुन देख्छु।
जुनेली रातमा हिमाल मोती जस्तै
टल्कन्छन्।

At night I see the moon.
The snowy mountains glow
like pearls in the moonlight.

राती ओढ्यानमा म आँखा चिम्लन्छु।
मेरो मनमा म मेरो परिवार, साथीहरू,
गाइ-वस्तु र गाउँ सम्झन्छु।

उनीहरू प्रतिको मायाले मलाई न्यानो
राख्छ।

I close my eyes in bed. In my heart
I see my family, my friends,
my animals, my village.

My love for them keeps me warm.

नेपालको गाउँले जीवन

यो किताबको कथा पश्चिम नेपालको बन्दीपुरसंग सम्बन्धित छ। पहाडको टुप्पामा रहेको यो गाउं अत्यन्तै सुन्दर छ। उत्तरमा पुरै आकाश ढाक्ने गरी देखिने हिमाली चुचुराहरु, वनजङ्गल, खोला-नाला, चराचुरुङ्गी आदि सबैले यो गाउंलाई अति मनमोहक बनाएको छ। यहांका नेवारी शैलीको ढुङ्गाले छाएका घरका बल्कोनीहरुमा फूलहरु फुलिराखेका हुन्छन्। त्यसैले बन्दीपुरलाई "पहाडकी रानी" पनि भनिन्छ।

बन्दीपुरका जनताहरुले शिक्षाको महत्व राम्रोसंग बुझेका छन्। बजारको बिचमा एउटा पुस्तकालय छ। यहां एउटा कलेज, दुईवटा उच्च माध्यमिक विद्यालय, एउटा निम्न माध्यमिक विद्यालय र दुईवटा प्राथमिक विद्यालयहरु छन्। बन्दीपुरको वरपर र बेसीहरुका साना गाउंमा विद्यालयहरु कमै छन्। कोही कोही केटाकेटीहरु विद्यालयमा पढ्नकोलागि दुई घण्टासम्म उकालो ओरालो हिंडेर बन्दीपुर आउंछन्। नेपालका सबैजसो विद्यार्थीहरु स्कूलको पोशाक (युनीफर्म) लगाउंछन्। सरकारी स्कूलको पोशाक आकाशे निलो रङ्गको कमिज तथा केटीहरुकोलागि जामा र केटाकेटीहरुकोलागि पाइन्ट हो।

बन्दीपुर औसत नेपाली गाउंहरु भन्दा केही विकसित भएपनि यहांको जन-जीवन नेपालका अरु गाउंहरुमा जस्तै छ। केटा-केटीहरुले पनि स्कूल जानु अघि वा स्कूलबाट आएपछि घरको काममा आमा-बालाई सघाउंछन्। महिलाहरु धेरै जसो धान, कोदो, मकै, दाल र तरकारी बारीमा काम गर्छन्। उनीहरु यी वा अरु सामानहरु डोकामा राखेर पिठ्युंमा बोकी ओसार्छन्। कोही कोही महिलाहरु जसले सानो छँदा पढ्न पाएको हुँदैनन्, साँझमा प्रौढ कक्षामा पढ्छन्।

Village Life in Nepal

The story of this book takes place in Bandipur in West Nepal. Situated on top of a hill, this village is very beautiful. The Himalayan peaks that cover the northern horizon, and the forests, streams and birds, make this a wonderfully pleasant village. There are always flowers blooming in the balconies of the houses lining the main street. These houses are built in the traditional Newari style with slate roofs. Because of its beauty, Bandipur is called "Queen of the Hills."

The people of Bandipur know the importance of education. They have a library in the middle of the bazaar. Bandipur has a community college, two secondary schools, one middle school and two primary schools. There are not many schools in the surrounding villages and the hamlets at the bottom of the hill. Some students come from these nearby places and need to walk up and down the steep hill two hours each way.

Most students in Nepal wear school uniforms. The uniform of the government schools consists of sky-blue shirts and navy blue skirts for the girls and navy blue pants for boys.

Although Bandipur is more prosperous than the average rural village, the daily life routine is similar to all villages in Nepal. The children help their parents do chores before and after school. Women often work in the rice, millet, corn, lentil,

साँझपख बुढाबुढीहरू स्थानीय मन्दिरमा जम्मा भएर हार्मोनियम र तबला बजाएर भजन गाईछन्। धेरै जसो भजनहरू भगवद्गीता, रामायण जस्ता धार्मिक कथामा आधारित हुन्छन्।

यहाँका मानिसहरूमा परिवार वा संयुक्त परिवारको ठूलो महत्व हुन्छ। छोराछोरीहरूलाई उनीहरूको नामले भन्दा पनि परिवारमा स्थान अनुसार जेठा, माहिला, साहिंली, कान्छी भनेर बोलाइन्छ। खाना खाने बेलामा परिवारका सबै संगै भेला हुन्छन्। यहाँका बासिन्दाहरूको दैनिक जीविकाको काम धेरै जसो घर बाहिरै हुन्छ। पधेरामा पानी लिन जाँदा, घाँस-दाउराकालागि वन जाँदा वा मेलोपात गर्दा होस्, गाउँलेहरूका बिचमा आपसी भेट-घाट भै रहन्छ। यहाँका मानिसहरूले गर्ने हरेक काम घाम र बेला अनुसार फरक फरक हुन्छन्। बिहान घाम उदाउनु अघि उनीहरूको दैनिकी सुरु हुन्छ र घाम अस्ताए पछि मात्र समाप्त हुन्छ।

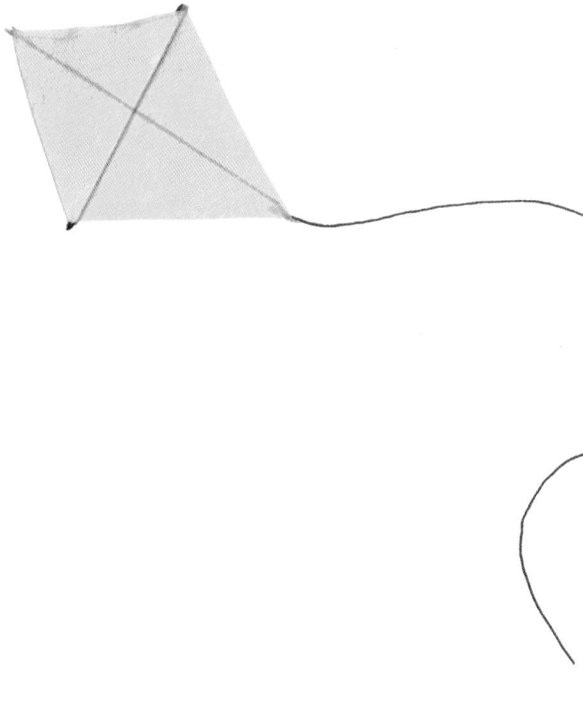

and vegetable fields. These and other goods are carried on their backs in baskets called dokos. After the work day, some of the women who did not get to go to school when they were young, attend evening literacy programs.

Often in the evening, the older men and women gather in the local temple and sing religious songs, accompanied by the harmonium and tabala.

Kite flying is a traditional pastime in Nepal. Kites are mainly flown during Desain, the large festival held in late September or early October after the monsoon rains are over and after the rice is harvested. Some older Nepalis hold the belief that the kites bring messages to the heavens.

Family and extended family is very important for the people in the village. Children tend to be called by names that represent their place in the family (such as Didi, Mila, Silai, Kanchi) rather than by their given name. Meals are times for the family to be all together.

Much of the daily living in the village takes place outdoors. Whether they go to the public water place to fetch water or into the forest to collect grass for their animals or wood for fuel, or to work in the field or orange grove, there is ongoing contact and interaction among the villagers. The daily routines, which begin before sunrise and end only after sunset, vary according to the sun and time of day.

शब्दार्थ

नेपालमा मानिसहरु धेरैजसो दुई मुख्य खाना खान्छन्। कोही कोही विहान उठेपछि चिउरा र चिया खान्छन्। अनि नौ, दश बजेतिर दाल, भात, तरकारी र कहिले कहीं अलि अलि मासु खान्छन्। बेलुकी पनि फेरी दाल, भात, तरकारी र बेला-बखतमा मासु अनि अचार तथा दही पनि खान्छन्।

चिउरा: धान उमालेर ढिकीमा कुटी बनाइन्छ। विहान चियासंग वा अरु बखत खाजाको रूपमा खाइन्छ।

दाल: मास, रहर वा गेडागुडीबाट बनाईएको बाक्लो झोल भातसंग मुछेर खाइन्छ।

नेपालमा पारिवारिक स्थान अति महत्वपूर्ण हुन्छ। केटाकेटीहरुलाई उनीहरुको नामबाट भन्दा परिवारमा उनीहरुको स्थान अनुसार बोलाइन्छ।

Glossary

Usually in Nepal there are two main meals. Upon waking, one might have *chiura* and tea. Then in mid to late morning, a large meal of rice, *dal*, vegetables, and perhaps a small amount of meat is served. In the early evening, another meal of rice, dal, vegetable curry and possibly meat, is eaten with yogurt and chutney.

Chiura: Boiled and pounded rice that is eaten by hand for snacks, and often with tea as a simple early breakfast.

Dal: A thick lentil soup mixture that is poured over rice.

In Nepal, family position is very important. Often children are called by their place in the family rather than by their given name.

Ama	अामा	mother
Ba	बा	father
Didi	दिदी	older sister
Bahini	बहिनी	younger sister
Kanchi	कान्ही	youngest sister
Daju	दाजु	older brother
Bhai	भाइ	younger brother

यस किताबको बिक्रीबाट प्राप्त केही अंश बन्दीपुर, नेपालका अध्ययन केन्द्रहरूलाई प्रदान गरिनेछ।

Part of the proceeds from this book go to support The Learning Centers in Bandipur, Nepal.